阳光文库

狄力木拉提·泰来提 —— 著

以土地的高度仰望草木

黄河出版传媒集团
阳光出版社

图书在版编目（CIP）数据

以土地的高度仰望草木 / 狄力木拉提·泰来提著.

银川：阳光出版社，2024.7. -- (阳光文库).

ISBN 978-7-5525-7388-6

Ⅰ. I227

中国国家版本馆CIP数据核字第2024TZ2626号

阳光文库　以土地的高度仰望草木

狄力木拉提·泰来提　著

责任编辑　申　佳
封面设计　晨　皓
责任印制　岳建宁

黄河出版传媒集团
阳　光　出　版　社　出版发行

出 版 人　薛文斌
地　　址　宁夏银川市北京东路139号出版大厦（750001）
网　　址　http://www.ygchbs.com
网上书店　http://shop129132959.taobao.com
电子信箱　yangguangchubanshe@163.com
邮购电话　0951-5047283
经　　销　全国新华书店
印刷装订　三河市嵩川印刷有限公司
印刷委托书号　（宁）0030174

开　　本　710 mm×1000 mm　1/16
印　　张　7.75
字　　数　100千字
版　　次　2024年7月第1版
印　　次　2024年7月第1次印刷
书　　号　IISBN 978-7-5525-7388-6
定　　价　36.00元

目录
CONTENTS

远山的缩影

远方的群山

除去苍茫之外

翩跹欲飞的冲动

一览无余

唯有拉开距离

我才能恣意地想象

绵延是它的信仰

起伏是它的性情

我肯定没记错

那是一股尘埃的凝聚

遥忆混沌时期的宇宙

我看过烈火的重生

与狂舞

那是对萨满的虚构

高原是一处祭台

鬼步，在那里没有市场

唯有可以覆盖辽阔的呐喊

才适于歌者的流浪

那样的歌声

无须撑杆

便可以翻越绵绵群山

草居者的群落

还在游牧的巅峰

就像斗转星移

没有哪一颗会转世

或陨落

看远山来势汹汹

迁徙是水草的本能

群星散落

转世的灵魂隐居山中

我越走越近

高大的山脊

变成一块块岩石

仿佛山的浪花

也许我是你行走的模样

替你呼啸，为你呼吸

我成不了你的缩影

我所欠缺的不只是海拔

落日在你的峰顶

撞出一个豁口

像一滴血

落尽沧桑

黄昏笼罩茫茫原野

会有哪家的故事

露宿旷野

季节的糖分

那样的季节

什么都是甜的

库车的小白杏

以为自己妙不可言

六月的桑葚

用甜度给地面着色

一只蚂蚁的腿被粘住

被同类连根拔起

南疆的老汉瓜

能把牙甜掉

伽师的黑皮

哈密的金皇后

吐鲁番的一包糖

就连蜜蜂也要向它们请教

甜蜜的诀窍

无花果，那就是个另类

我想

它不会是借花结果吧

花在天堂开

果在人间熟

凡人吃出天堂的味道

我看到那个季节

上面爬满了各种小虫

全奔着糖分去的

成熟的色彩之上

阿克苏的苹果

表面红透了还不算数

非要内结糖心

让人有一种

从里吃到外的欲望

葡萄，是季节的眼睛

总对收获另眼相看

你心里想什么

它全知道

它能把谎言

也变成甜言蜜语

面对它的痴情

你无处躲藏

在新疆

无论你从哪个角度切开

季节都是脆皮红心

红皮脆心

瓜与果，没有太多区别

黄瓜不属于瓜类

季节的糖分

不怕蚊虫叮咬

春之韵

用一种盛开

改变天的颜色

或许只有杏花可以做到

那一重天

有足够的分量

需要强大的树干支撑

每一朵花

都开出一片田野

那些树

根在土地里盛开

花瓣在天空中生根

用根底的黑暗

托举粉嫩的世界

结出的果能不甜吗

或许在爬行动物眼里

那一季的粉色芬芳

或许就是云的雏形

它们的角膜

尽收时间的宁静

那些日子里

就连飞鸟的梦

都是粉色

也正是它们的

桃花运

不同的梦嫁接在一起

盛开那么几天

粉色的雪花纷纷飘落

忙碌的蜂群

像赶集似的

一单单采蜜的合同

如期签订

工蜂们在花蕊上签字

在蜂箱上落款

于是

树的秘密

被贴上了标签

花季过后

天空变得一片荒芜

无所事事的白云

懒洋洋地飘在空中

意念当中的雨

还为时太早

别以为只有人会祈祷

鹰笛

还在生长的一根翅骨

被塔吉克族猎人借去

长期租用

他们想把自己的呼唤

借助飞行的羽翼

传递出去

为了表达清晰

以打孔的形式

沟通思念

他们围坐在鹰笛的孔洞边

每人朝里面喊一声

单音是呼唤

重音是思念

在最高音节的顶尖

一只鹰在飞翔

从帕米尔飞向群山

只需弧形的一道掠影

雄鹰不知道

那悠长的余音

竟然发自它的骨骼

忘了人间

只借不还的民俗

年代久远的高原

耳聪目明的天空

鹰的记忆

停留在一处峭壁上

痴呆的岩石

似乎想起早年的河床

还有一段风流倜傥

再多的词汇

不如一声长鸣

哈密瓜

宇宙的雏形

似乎就藏在它的形态里

若能单独拆解

它的网络

光也无法逃逸

成熟期

你可以看到人马座

土地里的坐标

我仿佛看到

亚马孙河

穿过雨林的流向

被镂空的记忆

宛如星际穿越的射线

多半的闪电

全都凝固在上面

没有哪条轨迹

属于流浪

当我用手给它梳理伤痕

罗布泊的遗迹

已不再神秘

我全方位看了它

半个世纪

所有的纹路和路径

都指向同一个方向

那是当年

从哈密去往京城

入关之路

入秋

穿绿色校服的一群孩子

列队站在操场上

伸展运动

在宽大的叶面上

格外拥挤

那一片沉沉的葵花

被立秋后的第一缕风

一顿数落

它们一片茫然

不知所犯何错

抬不起头

思想的分量

往往都在盛开之后

三个月前

它们还是野生小花

没有太多的回忆

每一粒

还未生成的种子

都是乳汁外的空壳

与头脑简单的游客

合影留念

村里的人欢天喜地

其实也没有太多的喜事

人间有多少戏

以"悲"字打头

无论它们长在哪里

阳光是阳光的颗粒

纹路清晰

面对躁动的群体

作为被生产者

它们

替劳动者忏悔

阿门两个字

被榨成油，更香

炒出来，满地碎屑

究竟谁是野生的胎记

它们和夕阳一起落幕

扶不起来的黄昏

承接下一批订单

阿吾拉勒山下的风

驶向山里的路

不知像哪一个梦的引线

稍稍动一下

便能搅乱山里的一切

湿漉漉的风

像一条透明的毛巾

随便拧一下

便是一场大雨

东麻扎上空盘旋的鹰

锁定原野上

一匹奔驰的骏马

它们捕捉彼此的野性

草的影子躲躲闪闪

感觉自作多情

山里山外的野花

它们的盛装舞会

从春到秋

只要有风，换个曲目

一样能跳个天昏地暗

而每一场雨

都能洗净它们

叶面上昨夜的苔藓

我持续呼唤

每一个黎明时的晨曦

故乡是否安然

喀什河的流向

从唐布拉的百里画廊

蓄积了足够的能量

收藏绚丽的色彩

高处俯瞰河谷大地

伊犁

是个不错的去处

波光淋漓的星河

用它的涛声

引来南北飞翔的天鹅

它们在浪花上筑巢

漩涡里产卵

用雌雄一生的厮守

孵化出一个

羽翼丰满的喀什河

一河之水

流向奔涌的河谷

与伊犁河

一同去往遥不可及的

落日夕阳

浪花

是鱼类的最好食物

阿克塔斯草原

山里的四月

首先融化的是

阿克塔斯这个地名

生命的起源

在土地里缓慢生成

冰雪冷藏了花的胚胎

和煦的春风

给昆虫注射胰腺

成了最好的铺垫

为何所有的花

都会选择

野生的方式

五月的蒙蒙细雨

让潮湿的空气

无法晾干自己

云雾占据了有利地形

抬升草原的辽阔

想看清那里的美

必须含着泪水

用于消解视觉冲击

一汪海的咸涩

足以改变你对春的误解

阿克塔斯

白色岩石被青苔染绿

所有的传说

都没有墓碑

按我的个性

适合在那里

长成一棵蔷薇

或者松柏

只要以植物命名

我就不会腐烂

来年换个地方

我照样生长

蚯蚓在我脚下蠕动

一只在云端筑巢的鹰

看到水中云的倒影

它们对这个双重世界的理解

远比我们开阔

假如我俯下身来
看到的只是双脚
而它们
看穿的是整个春天
和弧形地平线
旌旗一般的翅膀
飞掠六月的上空

雪的厚度

又一场雪

是谁的重量

压实了路上的脚印

落在树枝上

像一只白色的鸟

没有叫声

昨夜

我忘了回收

晾在树上的秋叶

它比我冻僵的外衣

还要虔诚

那一片片雪花

难道是天界里一棵树上

换季而脱落的枫叶

倘若遇冷

一滴泪也会呈现

雪花的模样

自入冬以来

它们像我添加的衣物

一层又一层

大地还是怕冷

就像胸毛浓密的汉子

身上的羽绒

一壶酒

或许能弹断我的琴弦

一场雪

便能挺起我的腰杆

我把僵硬的手搁在树上

雪的厚度不在那里

树上

只有盛开

天还未亮

扫雪车笨重的轮胎

在雪中轰鸣

窗外的地球在星际旅行

创生之柱，伽马射线

被星河淹没

同频共振

在雪的宇宙里

没有黑暗

准确地讲

从昨夜的飘落开始

夜，就没有黑过

它们让路灯的瓦数增加

只是黯淡了一些

事物的高度

明天我不会出门

怕有人追随我的痴迷

假如那是一夜秋雨

我不曾想过

好端端一个季节

怎就一夜收场

假如那是一夜秋雨

清晨

我定会看到

满地秋菊盛开

木棉不该在那个季节

不知是怎样的树

在树的梦里梦游

开错了花

高大

也不是玫瑰的特质

假如那是一场秋雨

不可能开成一床花色棉被

假如那是一场秋雨

我或许会撑一把竹伞

找一处不太高的屋檐

听它落地的声音

现如今

我却看到一把把雪花伞

从天降落

改写了季节的画卷

看远山

换一种心境

站在岁月的台阶上

朝远处望去

我已看不到近处的风景

满目的远

以山的形式出现

楼宇其实没有高度

那只是简单的自我拔高

原有的烟囱

过去用于

支撑城市的天空

黑烟没了

天塌不下来

我并不近视

但总看不透近处的活物

也不散光

却也无法聚焦身边

星星点点的琐事

还是退出得好

我想站远一点

从拥挤的视线里移开

本以坍缩的身躯

似乎站远一点

看到绵绵群山的伟岸

我自知有了资本

可以挥霍在

自由奔跑中

大地给了我行进的速度

看远山

我用满头的花白

形同它的冰川

审视我的年华

雪的原野

无论在哪里飘落

都能形成一片辽阔

一个屋顶

一片落叶

都为它提供了空间

远处的丛林

似乎比夏季挨得更近

收缩距离，打开视野

一块破败的砖头

也能营造一个童话

阳光在晌午升温

一群麻雀

在雪地上

一片裸露的枯草丛中

正在讨论游戏规则

一阵陌生的响动

换个地方

兴许原野更加开阔

原本有边有界的大地

被大雪施以魔法

变得概念模糊

野兔在雪地上画出的界线

根本不算数

那样的视野茫茫

好比天空

远处的山峦

沿自己的坡度绵延

在雪的世界里

不存在天空

邂逅雪中白桦

一身的眼睛

在我看到之前

它们已经发现了我

用眼神说出的话

难以置信

一场丰厚的雪

似乎改变了它们

审视世界的态度

僵硬的梦

挂在它们厚重的眼帘

残留的叶

遮住投向天外的视线

我们彼此对视

就个人简历而言

我感到无语

我想努力靠近它们

和它们一起

站出一棵树的模样

假如我能多一双眼睛

或许还有

一同分享山野的阅历

风中芦苇

摇曳

是它们对风的呼应

在湿地的外围

来路不明的一些风

像猎狗一样

虎视眈眈

它们只用上身

给风舞出个样子

根与枝干

屹立于水的冰封之上

枯黄的叶

破败的长穗

点击风的呼啸

夹带着雪的西北风

吹走了晚秋最后的辉煌

被雪覆盖后

它们学会了忏悔

替迁徙的候鸟

守护空旷的巢穴

用来年的绿

孵化风的羽翼

冰封的河道

它只留下呼吸的窗口

白色雾气

从裸露的水面升起

就像毡房里冒出的袅袅炊烟

冰层是河岸的延伸

两边的挤压

让原本水中的卵石

向岸边逃生

水的最后拥抱

留在何时

无论这场漫长的冬季

何时解冻

冰下的水流

总会把山里的空寂

带去山外

所有的宣泄

都在兵荒马乱之后

我们的岁月冰河

何时才能消融

多年后的一天

多年后的一天

我不知道我叫什么

是一方土石

还是一棵沙枣树

假如是一株棉花

定会被人采摘

若有可能

变成一棵云杉

即便根部被塌方掏空

我依然坚守矗立

我没有权利选择

转世后的自己

是人是龟

却能在这广袤的原野

奔跑出野马的身姿

风雪在我脚下，变成浪花

我想盘踞在一处峭壁

放过视野里

一只逃命的野兔

我不允许自己的生肖

被自己叼走

倘若那一天到来

我会像风一样

侵蚀出属于自己的雅丹

独自坐在一座塑像上

替那些虚无的幽灵

鬼哭狼嚎

而如今

没有哪一次风雨

属于我的业绩

我安于昨夜的一场大雪

随便哪一朵雪花

都能覆盖我的一生

一件脱线的毛衣

终将拆解

我已经跟一只啄木鸟

提前预订了树洞

假如哪一天

我是一只燕雀

或者蜂鸟

我会用我的一根羽毛

偿还

此生拖欠的飞翔

老去的胡杨

它们的确太老了
说不清自己的年岁
就像我的爷爷
记不住自己的前世

几个世纪前
就在那里等候路人
标记它们的年轮
一些游牧者
提取它们的体液
酸楚的泪
怎会是人间解药

千年的土著生活
给百岁守灵
人的寿命
取决于树的祈祷
只要有风吹过
它们的祷告
就会显灵

老去的胡杨

比老去的人更值得尊重

它们的修行

是永恒的坚守

哪管足下的土地贫瘠

万树银花

看不出头顶是云，是雪

不求来世千年老翁

只愿与人和美

现在的我

比一棵老树还要苍老

我的时速

我试着跟在自己身后

快速行进

徒步只是节奏出了问题

而我的梦

远超前于我

如一只仓鼠

在飞轮上裸奔

我放下身段

看路边的蚂蚁

和姗姗来迟的乌龟

还有我绝对细密的想法

哪条才是我的捷径

我经历过许多

无可厚非的是是非非

堪比城市里的上班族

算不上像样的午餐

全在路上

我的时速

在拼命追赶

许多尘埃和愿景缠在一起

想听听风声，看它怎么说

风与水组合变成了风水

我在赌自己的命运

是梦还得继续

原始丛林里的树木

它们原地踏步

却有那般神采

落尽的秋叶，叶面朝下

我也该匍匐一回

无论走得多快

终将老去

我知道那条木椅

等待我归位

看归隐的一切

我心依旧

晚秋的树木

去往山北的路

已闲置多时

顺着风向倾斜的树木

早已谢顶

落叶安然入睡

秋蝉的低吟已随风而去

向天空弯曲的树枝

似乎是在求救

风中残阳

穿过北疆原野

让长长的树影略感疲惫

是谁的蓑衣

被寒霜掩盖

我站在丛林的外围

风太大

无法约束呼啸的思绪

或许该废弃

身上多余的荒芜

感谢郊外的冷漠

让晚秋孤零的林木

腾出足够的空间

给鸟儿筑巢

我并非有意嘲弄自己

真正的有灵之身

从来都是默默无语

我很顺从天意

四季的令牌高高举起

每一片落叶

伴随风琴的节奏

朝四周落下

覆盖土地的伤痛

我像树一样鞠躬

承认自己生长太快

来不及抚慰过去

白杨林带倾向南方

尘埃总会荡去

深陷泥土的春光

像根一样缓慢伸展

宛如精神层面的思维

来年还会如此吗

朝天空生长的野花

第一次俯下身来

以土地的高度

仰望节节升高的草木

所有的默默无语

都潜藏在根部

那些春潮似火的野花

用最鲜嫩的花瓣拥抱天空

我不想很久以后的事

在暖风的簇拥下

小心拾起一片遗落的花瓣

给母亲做条围巾

那东西市面上没有

我相信开花以后

那些成熟的种子

磕磕碰碰

落进各自的卵巢

来年还会如期盛开

不必为它们忧心忡忡

这辈子能见它们盛开的模样

你也不必含羞

草都知道一丝柔情

能换回怎样的春天

天边的视野

从远处看

离自己心最近的地方

听到的只有心声

我借助风的传输

让那一缕遥远的视线

在天边曝光

所谓诗人的语言

多半是狂妄之词

没心没肺才怪

但谁又能说清

我们逝去的烈日

和一场泪如雨注的肖像

此时去了哪里

很想回到父母身边

抚慰他们的思念

他们所在不远

就在伊犁，草原的边上

那里的牛犊替我叫了一声

母亲高贵的容貌

把晚霞映得通红

知道已经是晚秋了

也下雪了

低温在冷漠的仪表盘上

结冰，冷笑

母亲把奶茶冷藏起来

父亲把草原赶进围栏

坐等望眼欲穿的回归

天边的视线

迎来又一场大雪纷飞

马的清晨

长了一夜的草

让马的嘶鸣更加清澈

它们咀嚼草原梦话

晨时的第一缕阳光在草原铺开

我的灵感便开始驰骋

远方的喧嚣

逐字逐句押韵起来

我所谓的生活

在马的世界里算不了什么

我总想说点什么

草原的辽阔，在马背上

一览无余

很想拆除周边的壁垒

和马一起，彻夜无眠

它们抬头仰望

看到遥远的人马座

一个响鼻

吵醒昏睡的天空

飞鸟是天空的字幕

一群飞鸟轰然起飞

从深秋的草垛里

用简单的词汇

啄开谷物的软壳

我近距离望着它们

飞去的鸟影

一组排列无序的

象形文字

解读鸟的世界

它们扇动的翅膀

有声地解说

远比我含糊其辞的表白

来得真切

面对天空，人类的无语

应对它们的滔滔不绝

我们总是错误解读

天空的含义

容不下我们肆无忌惮地遐想

那一组游动字幕

让我也蠢蠢欲动

梦，只是单一的翅膀

我尾随它们

成为它们的最后一只

爱飞是本能

可我做不到

只凭想象托举沉重的身躯

我的族类喜欢铁翼

它们有权飞出自己的文字

因为，翅膀是它们的

也包括天空

我们的梦，只是借宿

雨幕飞落

远山的北坡

驶过一列风雨

低空的云

被卡拉麦里的野马踏碎

变成连夜的雨

山洪与河床齐头并进

完成万马奔袭

连绵起伏的山

被风云溶解

从天而落的雨幕

仿佛倾巢出动的蜂群

把雨衣变成睡袋

知道雨后的清晨

所有的野花都会对号入座

等候采集

我没有自备药箱

可这孱弱的病体似乎痊愈

辽阔的原野

一道道闪烁的灯光

仿佛蛋糕上

没有年月的烛光

在雨中燃烧

即便已经有人许愿

谁又忍心熄灭

这场雨幕飞落

和羊群一起转场

我看到的羊群

自主选择了转场的时间

一个风和日丽的上午

牧人也学着羊叫

奶茶和阳光还冒着热气

毡房越走越远

秋很高，气更爽

的确是牛羊转场的时节

一声响亮的口哨

会是牧羊犬吹的吗

山谷里的水渐渐冷却

雨雾早已退去

一片迷茫的天空

让马的鼻孔湿漉漉的

把响鼻打成了干燥的雷雨

紧随身后

和羊群一起转场

该进那家的羊圈

中午放学的一群孩子

他们也在转场

家里是絮絮叨叨的饲料

课堂里是码放整齐的草料

一群麻雀，在路边的电线上

接送孩子

去草原的路那么遥远

和羊群一起转场

无须接送

我相信自己

已摆脱红绿灯的束缚

怕狗，算不上好羊

山谷里的水渐行渐远

我已经看不清

英俊挺拔的冷杉

峭壁上的身影

选择和随行的影子一起

低头无语

叫声不属于自己

果子沟大桥

腾飞，未必只在云端
一条穿山的飞龙
从赛里木湖畔开始
选择了起飞的地点
就像多年的梦想

旧时的果子沟
只有一条盘山道
从伊犁河谷
汽车的尾气蜿蜒而上
那一道青烟
时常被山洪阻断

高耸的雪山
连绵起伏的山峦
还有从谷底到雪线
苍翠的松柏翘首以盼
期待一条飞龙的出现

旧有的马道

承载着转场的羊群

我们需要一个腾飞的梦想

连接东西

把西部的梦

嫁接到东方

雄鹰在蓝天上盘旋

在为大桥选址、勘探

好让飞龙，飞得高远

更好穿越天际的雪山

飞出西部的浪漫

果子沟

一个飘散着果香的地名

多少年来

飘不出去的果香

讲不完的故事

在岁月里遇难

四季也会瘫痪

那一天

忽闻一条彩虹

在群山沟谷里出现

迟来的春

乡下的老人

被晨时的驴声唤醒

岁末的一些声响

立春的一丝蠕动

眼看三月整装待发

溪流与风该有几缕情丝了

这一年春时

被突如其来的宁静冷落

往年的春，早被人发现

苦苦地等待

备好的笑容只好暂时收回

心在外面的土地里发芽

偶见窗外

依旧有无精打采的雪花飘落

成群的麻雀议论纷纷

移花接木的风

在杂乱的树枝上徘徊

她似乎已从远方启程

性急的风仿佛若无其事

季节的时装还在赶制

今日雨水

昨夜的梦里都是云

分布在辽阔的云层下

守时的季节春潮涌动

我坐在二月的屋檐下

听风在微微颤抖

被疫情分割的空间

对酒无歌

我在去年深秋的沙土里

深埋了几粒春天的种子

今日清晨

这片只属于我的窗外

雨水打着白伞

空降一片松软的欢喜

可我知道

尽管所有的街巷空无一人

满目的期待全都在外

春天是最好的礼物

你只要静静地守候在家里

一个包装精美的礼物

会被风快递到你的面前

摘掉口罩

露出微笑

感恩是付款方式

这份礼物

送谁都是最美的

今年的春天会是怎样

缓慢临近的温暖有些许迟疑

我想用唇接住第一滴雨

忘记了许多色彩

都长什么模样

期待依旧绚烂

不曾见过最初的草还有风骨

今年

它们一定会顶天立地

最后一场儒雅的雪飘落之后

浸润心灵的暖雨

定会洗去残冬留下的伤痕

春风喜形于色

野花抢占山头

蝴蝶会把柔软的身体

融进斑斓之中

让翅膀演绎春天

牛羊忘乎所以

世间的美丽会让人健忘

这一年春

我们总该记住些什么

野生兰花

那样的盛开方式

只在山野

我喜爱她们

并非选择某个周末

她们站在最得意的位置

把山坡垫在根底

伸直长长的脖颈

怕有人会模仿自己

用淡淡的蓝色

掩盖盛开的艳丽

吹过山头的风

告诉她蓝色最美

于是，她们选择独处

偶尔有些鸟，在空中停留

拜佛似的

增添几分虚空

记住那个季节

常来看看

让自己的抑郁浸染

山里的蓝

抑郁是城市的炎症

她们是山野的风铃

拒绝承认瀑布的高度

在那里

被摔碎的是水的形象

而我

怀念她们盛开的季节

无须表白什么

芦苇的长穗

任何一种事物

都有选择沉默的权利

芦苇的长穗

在风中彼此照应

我很想用它

掸去身心上的尘埃

庞大的情感体系

被灵魂包裹

就像芦苇

把最敏感的部分举过头顶

某种意义上讲

那是水的波纹

平日里无迹可寻

亦如蜂鸟的羽翼

用于安抚流逝的岁月

无数只蚊虫外出觅食

它们在风中摇曳

寂寞是它们的古老曲目

远处的湖光山色

仿佛是僧侣的经卷

念不透的文字

只在枝头

回眸身后的大漠

那一季就那么过去了

我不想空谈它们的真理

只想站在它们的高度

指点远方低矮的丛林

傍晚收缩，黎明消融

选择在别处垂钓

是对水的不敬

安敢虚度年华

厄运早被我遗忘

是芦苇的长穗帮了大忙

就像把梦，还给了梦

2022 年的第一场雪

没见任何云的迹象

一场雪

便突如其来

屋里没有气象变化

遥想北疆丛林

此番瑞雪

像白鹭的羽毛

或在玛纳斯湿地

抑或在可可托海的山谷

落满堤岸

河流是思想的通道

我在屋里孤独

在雪中纷飞

我不说一句废话

让白昼与夜晚连成的长夜

过得快一些

我记不清第一片雪

是否在夏季

做过前期预告

我去过草原

那是另一条河的彼岸

我恍然大悟

原来

这世界可以没有秋天

这样的人生

让人看起来，简单明了

在每一个黄昏时刻

我总看到岁月山川

流向一个不知去向的地方

是回流了吗

我毫无感知

不知此时

这场雪之后

上苍是否会有留言

我猜想

2022 年的第一场雪

是否如期融化

相信来年之春，不会流产

那片山野

史前的几块岩石

像恐龙一样

只把化石作为谜语

是锋利的小野花

好像有什么话要说

那些草就在那里

躺在斜坡上

春了，嫩绿

夏了，深绿

唯独到秋天

葱绿中衍生出秋黄

每一种花都要走个过场

就像阅兵

每当见到它们

我总会缩水，脱水

用清凉的风洗一下手

让相机里装满杂草

那片山野

最痴情的花草

来年还会盛开

我们总是心存遗憾

在它们的永远中

我们能有几回

花开花落

晚霞

黄昏时分，浮云自燃

荒漠里的天，被篝火吞噬

我晓得这些日子

驼队的幽魂

自西向东

会有一次迁徙

那边的云燃烧得很彻底

黑漆漆的灰烬

铺天盖地的火山灰

晚风将它们一层层抹平

让每个远方的灯火

在各自的灯罩里肃立

遥远的雪山，贫瘠的天空

除去黑洞，我们会被哪一次

最猛烈的坍缩

点燃成一朵火云

河床最适合夜幕降临

这一幕晚霞

已开始一段深度夜行

每一个胎儿，都会在凌晨诞生

想必，晚霞已经受孕

淤泥之上的流水

定会拯救

一棵濒死的胡杨

最后一只鸽子

飞回屋顶的笼舍

好斗的鹦鹉

羽翼完成蜕变

屋里屋外

我们看到同一片黄昏

展开翅膀

沸腾的群山

白色烈焰

冰冷地燃烧在群山之巅

我见过那种火焰

那是冰雪在低温下的沸腾

水深火热的地心

以另一种极端

塑造了这种雄起的高度

无论我站在哪里

同样可以看到

遥远的山脊

在青灰色的岩脉上波澜起伏

那一条条蜿蜒的白色冰川

宛如朝下翻卷的火舌

淬炼旷世伟岸

真正的篝火

选择绝对海拔

山下六月的野花

漫山遍野地层层铺垫

给高处的松柏

永恒的自信与挺拔

山下是婀娜妩媚

山上是冰雪苍茫

仿佛天边涌来的巨浪

心

是无边无际的海岸

所有的冲刷

都在心灵盛开

给山塑造新的高度

蒲公英的高度

在辽阔的草原

她用透明的想法

把羽翼插在天的高度

那是一朵黄色花朵的思想

随着一阵风的吹过

她的婚纱收获天下订单

远嫁他方

风所吹起的并非是她的轻盈

生命的重力

同样可以随风飘逸

她的去向

取决于风的意愿

和草原的辽阔

超限思维

人脸长在胡子上

鼻子有气味的嗅觉

眼睛用于

监视阴阳两界

因此

相互对立的事物

永远相距甚远

头脑受身体支配

故而总会承担反思的责任

听觉是耳朵的食谱

口腔用于排泄

思想代谢后的残渣

并非口无遮拦

憋不住，实属无奈

确切地讲

四肢是思维的帮凶

下肢只负责把意念送达

实施行为的现场

灵巧的双手

除了觅食之外

花样繁多

故而,人们常说

手段、手法

手艺、手淫

做饭总得切肉

难免沾满鲜血

靠肚脐思考的人

总会站在中立的立场

平衡外界的一切

那是生存所需

屁眼朝外

并不意味着它不内敛

它那儿只出不进

生殖器向来勇往直前

龟缩,那只是经营惨淡

只要心还在原来的位置

天造的一切一如既往

火焰山

另类的燃烧

在横亘的山塬下释放

北部的天山

用它的俯视冷嘲热讽

群山之下的侏儒山

从被天公点燃的那一刻起

熄灭，只是传说

芭蕉，并不盛产大扇

千万年的雨水

仿佛火上浇油

越烧越旺

凝固的火焰直冲云霄

静默的天空

喧闹的土地

时光助燃

那一团史前的烈火

烧出东部的吐峪

炼就西天的葡萄

沟沟相连

那是火舌向下延伸的部分

高昌

曾在此浇筑城墙

波斯商人晾晒的罩袍

被香火烧去一半

疲惫的瓷器

完成最后一道工序

釉色清晰

百里风箱持续运作

三昧真火

引来东土

三藏在此歇脚

淬炼袈裟

和普度众生的经卷

拜火的冲动

渐渐冷却

我看到那片土地渐渐沉落

火往高处烧

水往低处灌

艾丁湖沉入谷底

站在那里

我只看到岁月的烽火

在远处缭绕

古船上的佛都

遥望交河

推开两岸的合围

一艘远古的图纸航母

停泊在溪水的浪尖

舰载的远古文明起起落落

无法登陆的泥塑

已然在倾斜的佛堂里打坐

隔海相望的阴阳两界

禅宗留守法度

香火却在人间

那是怎样的超度还能留在阳间

我们缺乏保持落差的流动

农家土屋和葡萄干晾房

未必造成时间的隔阂

沙弥的梦沉睡在深谷里

陡峭的土崖上

一座逝者的墓穴

隔岸解读彼此的沉寂与黑暗

那一条旷世溪流

流出安魂的曲目

我们在沟谷里的绿荫下躲避盛夏

任凭亘古的风从云顶吹过

一段陈旧的导游词

仿佛昔日蹲守残阳的老人

忘记了回家的路

门牌是留给少年痴呆的行僧

云游后的一份牵挂

当下的智者

除了混沌以外

无法承受思想的重力

一艘远古的战船

在东去的水流中

朝西，朝西

逆风行进

失落的吐峪沟

干柴与土墙支撑的架构里

延续昆虫的生命

这个纵向延伸的山谷

或许在某个史前世纪裂变

流经山谷的水

给坚守沧桑的树木输液

人形的蚂蚁在崖壁产卵

将无法孵化的壁画

和昼伏夜出的幽灵

定格在佛窟里

古老的桑葚树下

一位老者头枕树荫

一汪岁月的山泉

流经他正午的梦乡

我看到这片失落的文明

山坡上那层层叠叠的灵屋

以另一种形式繁衍

生者无声无息

亡者雀跃

当我一个人从此经过

陌生的风在我耳旁散步

波涛汹涌的一生在流逝中平静

我的表情滑过脸部肌肤

宛如荒野里的流沙

划出一道道伤痕

表明我曾经有过的笑容

远离世间的萧瑟

生命的沉与重

轻与浮

在这里重叠

葡萄沟

火的结晶

悬挂在藤蔓上

在纵向山谷里延伸

恒定的季节法则

和冰雪陈酿

让那条沟谷成色嬗变

春时流淌的绿

最终，每一滴水

都变得颗粒饱满

多少时光流逝

一串串，一帧帧

随光谱的改变

形成无核白

简约细腻

玻璃翠，晶莹内敛

甜蜜绝不外露

与东部的吐峪沟

在时光的旋臂上呼应

一边是佛窟

一边是佛珠

亡者在麻扎宿营

生者在巴扎钻营

两条兴衰绿谷

无论你选择哪一条

未必看破红尘

当今世界

我们还须

在那样的绿谷里生存

佛寺与礼拜寺

彼此并非取代

生命与灵魂

都在各自的维度

空间里繁衍

坎儿井

俯瞰大地

水的足迹倾泻而下

被人修饰成

白蚁的巢穴，摩肩接踵

山的维度和海拔

形成绝对落差

冰川的进化

衍生出直立行走的分子

把汗水的结构

纵向排列在天山山麓

走向低纬度原野

吐鲁番

这个坑状的地名

被火焰烧得只剩

凹陷的肌体

把所有的血脉

都藏于含碱的脂肪下

那里的人们

哺乳都在地下进行

千百年的开凿

一个个竖井

像是大地睁开的天眼

望穿岁月

繁盛的高昌

回鹘僧俗的诵经声

随波逐流

流向交河佛寺的经卷

和水一起，普度

草木众生

近代的车轮

加快了水的流速

古老的手艺

保留在葡萄干的沟壑里

那一片清爽的绿洲

晒干后还是老样子

汗水的晶莹

永远镌刻在大地上

艾丁湖

辽阔的盆地中央

艾丁湖在海平面以下

芦苇丛生

含盐的滚滚热浪

风中的水草

无法摆脱瀚海

重围下的与世隔绝

坎儿井的最后抵达

风尘仆仆的清澈水流

注入那里

深不见底的天空

浸润那里多年的干涸

白云在湖面栖息

野鸭在那里传经布道

远望一轮明月

荡漾在盆底

天上那一个

只是她的投影

月光里的艾丁湖

沉淀出乡愁的结晶

世间奇迹证明

海拔最低的地方

同样可以升起明媚的月亮

吐鲁番的杏花

果园里的杏花开了

还有一些心结没有打开

漫长的冬季

如久病后的抽丝

曾经的雪花

摇身一变

花蕊咿呀学语

那些日子

女孩子们结伴同行

三三两两

坐在温暖的田埂上

从最新版的时尚里

挑选吸引蜜蜂的花裙

那满树满枝的花瓣

不知哪一朵更合身

春天，就是那么汹涌

垂柳妩媚着纤弱的身体

羡慕地在一旁观望

所有的门窗都已打开

还有什么不能释怀

无论苍翠，还是腐朽

那一股春潮滚滚而来

由不得你停下脚步

假如你也曾经怒放

挂果是早晚的事

至于是谁

给你授的粉

还是去找她们好了

雨后的草原

雨后

天快晴了，湿漉漉的毡房

在炉火外瑟瑟发抖

谁家的灯火，并不要紧

把炉火灭了，免去煎熬

死亡发出荧荧白光

在羊的身体里燃烧

雨后的夜晚异常宁静

我在月光下清点剩余的灵魂

那群羊，那些狗

所有的超度都是假象

灰烬与尘埃

重新燃烧

一个山谷接一个山谷

每一顶毡房

次日清晨

阳光晒透残存的余孽

烛光下

已无法认清现代文字

我们用目光点亮

千万里远的星辰

草原上的草还在生长

悄无声息

死亡却马蹄声声

长明灯

夜，像一个大气球

快要爆裂

我听见一扇破旧的门

被风推开

黑暗中的内室很安静

外面一群恶狗

把一件破旧的棉絮撕得粉碎

去往远方的路上

我从自己的尸骨里爬起

洒洒了一地

几片落叶

飘落在清晨的阳光里

庙宇的壁龛上

亮着一盏刚被点燃的烛光

望断秋月

遥望

生成于久远的思念

她会明亮于天空

圆满的夜

足够的内涵

给相距遥远的心

贴上相思的标签

一轮深情的眺望

同一个夜晚

她同时牵挂天各一方

彼此牵挂的心

同一个时代

她唤醒沉睡的忘却

让你想起久远

以及久远里的故人

一汪清澈的回眸

那端庄的秋月

在光影里呈现

自己的遥远

三十八万公里

只有思念，一个来回

在瞬间完成

比光还快了半秒

一则即将牵手的广告

秋天的树

当第一片秋叶飘落

树木

还在被思想层层包裹

摇曳的情绪随风释放

它们是这片土地

最富有的家族

秋天

一个发黄的信封

拆解高大的躯体

支撑叶的原始分量

生者命运在天

所有的枝杈，感叹和疑问

在轮回的季节里

选择飘落

最后一场冷风吹过

逝者的躯体空灵于世

鸟雀搬运它们余下的生命

白杨给蓝天输液

梧桐育肥白云

早早卸妆的垂柳

即将谢顶的老者

把僵硬的手指伸向天空

抓不住逝去的时光

桑蚕树和蚕丝穿针引线

无花之果花问何在

和时间一起苍老

落叶无声

留得骸骨存，轮回生命

灵魂若在，身在何方

我可以借助叶的飘落

感受土地的仁慈与包容

叶尔羌河舒缓地流动

投影约旦河西岸的动荡

洛杉矶海岸的火把

还有行如潮水的难民

仿佛整个世界都入秋了

鸟儿迁徙，根在跋涉

有些门户只能一个人通过

那个季节已去
它们留守在暗物质以外
忘记哭泣
看上去很是虚假

行走未必产生距离
路程不过是心灵的空虚
寂静，或许还能留住时间

一棵树
脱离无数的叶
洗去风尘，冬季里
生命是多余的喜悦

在这深秋的旅途中
炉前取暖的林木，成群结队
像非洲的火烈鸟
陆地上的岛屿一贫如洗
一叶枫叶扁舟
等待起风

落叶归心

树的翅膀飘落几片羽毛

在无声的世界里

时间悄然变小

丛林渐衰

吹过残垣的风

变得絮絮叨叨

落叶为野兔藏身

季节冬眠

树与叶彼此分手，眺望

紧闭的坚果

丰盈的茅屋

荒野依旧长寿

在天宇中挽留一点暖色

清冷的天，冷涩的霜

意念寒冬

胡杨与红柳

让梭梭牵线搭桥

彼此的微笑红黄呼应

假如没有你的飘落

大地哪有归属

一段遗失的往昔

厚重的记忆

只接受风的随心所欲

我并不惧怕漫长

只怕被你的身影纠缠

荒野的性格

一条长长的土路

热瓦普在老农手中呻吟

毛驴听懂了民歌的悠长

寸草不生的土地

胸毛浓密的汉子

历史的遗存省略了多少感叹

飘落是轮回的信号

告别秋风

受伤的土地渐渐愈合

那一片片斑驳的、陈旧的绿

仿佛是贴在肌体上

过期的药贴

再也绿不起来的黄

从远山而来的劳顿的水

渐渐澄清自己

望着连绵起伏的群山

原始荒漠里的胡杨

眼里的泪

试图摆脱自身的苦涩

我仿佛坐在一辆观光马车上

看一路萧瑟的秋风

蚕食每一片落叶

老泪纵横的秋葵

不见昔日笑颜

其实我一直坚信

留守于此的高大白杨

依然在与雄鸟道别

而我的心

依旧是一片宁静的沼泽

等待你重新陷入

我把冷色秋风

当一件御寒的外衣

远行已成定局

即便我是一座空城

伟岸是抵御风沙的城墙

坦白与执着

让荒漠去守护我的从宽

残阳即逝

大漠胡杨，落叶金黄

寒冬

将是另一番盛事

我满目咸涩的海水

足以让我看清这片

给我带来视觉疲劳的世界

我将永远缺席你的未来

湖光倒映山色

之前，我总认为
在那里歇脚的候鸟
只为觅食
湖中肥美的波光
的确不承想，修行
也是它们的必修

玛纳斯这个地方
也非常适合芦苇生长
在那里栖息的鸟兽
都有自己的法号
它们善于隐居
藏匿彼此的踪迹
只用羽翼传递思绪

我很想找一处山坡坐下
湖中水草太密
岸边垂钓的蚊虫又太多
于是
只好乘一帧远山的倒影

离开岸边

因为在水中的山顶

我便有了双重海拔

朝上

我成了南部山脉的主峰

往下

又成了鸬鹚捕捉的鱼影

从那以后

我去哪儿都不知深浅

只能装聋作哑

漠视所有的风雨

我相信那里

是一座液体寺庙

出家的雏鸟

在那里落发为僧

得道者远走高飞

随季节的变化

蓝胸佛法僧巡回讲经

远山的倒影

在湖光中圆寂

潮水里的天空飞翔

终究飞不出那片辽阔

巴音布鲁克的蜿蜒

连绵起伏的群山

就像鲁迅笔下

那一群冷漠的看客

任由草原上九曲回肠的溪流

让牛羊烂醉如泥

那是歌者的草原

吟者的天堂

是舞者的曲目

饮者的摇床

晨风轻轻吹过

渐渐成熟的草穗

恰似即将产卵的鱼腹

水中淋漓的波光

成了天鹅的羽毛

望着那片草原的悠然

吸着那里空气的清新

听着那条水流的蜿蜒

我很想换一身

蓝色镶边的蒙古族长袍

把马拴在酒壶上

用银碗斟满马奶

或直接用靴子喝够

草原陈酿

起身，歪歪斜斜地

向万物生灵深鞠一躬

心里不再藏有秘密

我家的毛毡也不过如此

还不曾长出青草

喝多了，我怎么感觉

那条蜿蜒的小河

就像马头琴松弛的琴弦

巴音布鲁克

我怎么就记不清

那是哪种酒的品牌

奶酪撒了一地

定睛再看

原来是数不清的牛羊

在我瞳孔里吃草

我醉倒的样子

应该很像那条九曲

顺便十八弯的开都河

草丛里的溪流

不小心踩在草丛里

听到轻微的叫声

那是水的回音

潺潺溪流

流动的声音很轻巧

孱弱的孤独

在草丛里穿梭

我知道

春天的脚步很轻盈

所以

免不了会长出一些寂寞

上一年没有长好的树木

还有许多花草

都想重新发芽

熬过严冬的一棵老树

静静地站在溪流旁

头顶的叶片还没长全

犹如谢顶的老者

在冰下藏了一冬的水

变得絮絮叨叨

倒是我翻阅书本的声音

还能溅起一些浪花

我手中的黑笔喘着粗气

写一棵草，或一滴水

都那么费劲

我真不知道

该怎样绘声绘色

描写液体丝绸

和它流动时的缠绵

白水黑山

黄昏吸干了山色

连绵起伏的黑

还原了夜的本来面目

夕阳的余晖还未散尽

一河之水

流出少有的苍白

黑与白的对照

显然不是陈旧的岁月

午后还是五彩斑斓

青春的末梢

时光像一丛丛野草

在风中摇曳

搅得暮色不得安宁

那样的时刻

所有的色彩与季节无关

没有了光明

就连乳汁都是黑的

在黄昏的最后一缕光线下

那条蜿蜒的河流

仿佛山里流出的炊烟

山变成了墨色

水倒成了一张白纸

除山水之外

有光的只有第一颗

闪耀的星星

有一种幻想

有一种幻想

只能在河边产生

河面干燥的风

掀开我蓬松的发髻

我感知

那一定是秋天的信息

倾泻的阳光

透过稠密不一的树叶

把斑驳的影子

泼墨一样

洒在我脸上

阳光在水中流淌

那些水

又懒得出奇

慵懒地在我心头荡漾

仿佛用一盆水

接住了月光

我被拉长的目光

变成独木舟上的一对船桨